아홉 빛깔 무지개

아홉 빛깔 무지개

초판 1쇄 발행   2024년 8월 5일

지은이 | 김정희
만든이 | 이한나
펴낸이 | 이영규
펴낸곳 | 도서출판 그린아이

등록 연월일 | 2003. 12. 02.
등록 번호 | 제2-3893호
주소 | 서울특별시 은평구 녹번로 6-11, 201호
전화 | 02)355-3035   팩스 | 031)965-4679
이메일 | gmh2269@hanmail.net

ISBN 979-11-91376-36-4(03810)

아홉 빛깔 무지개

김정희 첫 시집

그린아이

첫 시집을 내며

목양의 길을 걸을 때
혹여 내 마음이
시詩 쪽으로 기울다
주님 우선순위 놓칠까 봐
두려워 두려워

주님 묵상하는 시간보다
시詩 짓는 시간에 더 집중할까 봐
차라리 눈을 감았던 시간들

이제야 깨닫고 보니
부족한 저를 더욱 단단하게
균형 있는 삶으로
서게 하시려는
그 뜻을 나는 알았네

마음에 뜨는 영롱한
그 빛을 띄우며
향기로 나아가리

오늘도 내일도 영원히
사랑합니다.

지은이 **김 정 희**

아홉 빛깔 무지개를 읽으면서

  김정희 목사님의 시집이 세상에 빛을 보게 됨은 시문학인들 보고팠고 듣고팠고 읽고 감상하고픈 시였음에 감탄하지 아니할 수 없습니다.

  이 아름다운 시집이 사실私室에 소장되었으면 많은 시인과 문학가들이 새로운 시상의 맛을 보지 못할뿐더러 새로운 시상의 세계를 엿볼 수 없었을 것이며, 시문학계에 엄청난 손해라 아니할 수 없습니다.

  김정희 님의 시詩 「아홉 빛깔 무지개」는 시어詩語가 풍부히 담긴 시로 자연의 오묘한 현상과 내면화된 세계상을 그리며, 시를 통한 문학 예술적 행복을 찾게 하고 기독교 문학을 통해 무뎌진 사람들의 심성을 깨우는 묘약 같은 시였으니 김정희 목사님의 시가 현현顯現하지 않았다면 오늘날 새로운 시상과 미화하는 시가 존재하는 생동감은 놓쳤을 것 같습니다.

  「아홉 빛깔 무지개」는 인간사의 삶을 창의적인 사고와 주

변에서 일어나는 현상을 객관적이면서 주관적으로 풀어내는 종교적 생동감을 주는 시라 하겠습니다. 『아홉 빛깔 무지개』 속에 담긴 시들은 일반 문학성은 물론 고전문학의 풍미감이 있으며, 종교문학 특히 기독교 시문학에 깊은 감동과 생동감을 주는 시라 믿어 의심치 않습니다.

　김정희 님의 시집에는 함축된 단어, 은유법, 회화적·정서적 종교성과 상징적인 시어와 요소가 듬뿍 들어 있어 시각, 청각, 후각, 미각, 촉각에 느껴지는 짜릿함도 있다는 데 놀라지 않을 수 없지요. 이 시집을 비롯하여 앞으로 좋은 시들이 담겨 있는 시집이 계속 만들어지기를 기대하며, 끝으로 사랑, 희락, 화평, 인내, 자비, 양선, 충성, 온유, 절제의 아홉 빛깔이 독자들의 마음속에 채워지기를 바랍니다.

정상문 목사

(상담심리치료학 박사, 국신문학회 창립회장, 수도국제대학원대학교 목회대학원장)

문단에 크게 기여하기를

김정희 시인의 첫 시집
진심 축하합니다

아홉 빛깔 무지개
제목부터 예사롭지 않네요

성령의 9가지 열매
빛의 열매 모든 착함 의로움 진실함
일찍 문단 등단하시고
날마다 시 쓰시다

목사 안수도
사모로 성실히 섬기시다

금년에도 미완성
주님 보시기 좋게 하시겠다고

여성의 섬세함 향기가
목자의 십자가 보혈이 흐른다

첫 시집 좀 늦은 감이 있지만
대기만성 기대하다

믿음의 건축자 감동이다
불에 타지 않는 믿음의 건축 기대가 있다

주님 손 잡고
주님 쓰시도록
문단에 크게 기여하는
무지개 아름다움 기대가 된다

더욱 행복하십시오
건필을 진심 축원합니다.

정두일 목사
(국신문학회 자문위원, 성정교회 원로목사)

헐몬의 이슬 내리는 밤

제1부

그리스도의 향기香氣

의의 면류관을 바라보며

사랑의 손길에 담긴 마음
좋은 것으로 나눌 때
더욱 큰 기쁨 임하리

마음의 품은 뜻
행함으로 즉시 옮길 때
세상은 온통 내 것이라

시詩와 찬미와 신령한 목소리로
빛 가운데
쏟아지는 은혜를 찬양하리

성실과 진실로 피어나는
기름진 말씀의 향기로.

균형 잡힌 삶으로

듣고 싶은 것만 듣고
하고 싶은 것만 하고
먹고 싶은 것만 먹는
풍조에 우리는 익숙해져 가고

지성과 감성의 균형
보수와 진보의 균형

말씀과 행함의 균형
복음전도와 사회참여의 균형

균형 잡고 살아가는 것이
매우 중요한 시대.

"그러나 이것도 행하고 저것도
버리지 말아야 할지니라"(눅 11:42)

국화꽃 한 송이

서둘러 떠나신
목사님
국화꽃 한 송이
놓고 돌아서는 발길

고마워요 이렇게 와줘서…
뒤돌아보니
모습은 보이질 않고
잡아당기는 듯한
옷자락

주 품안에 평안히 쉬세요
목회 세월
검게 타버린 가슴일랑
주님께 내려놓고…

천군 천사 수종드니
웃으며
손 흔들고 가시는

그 길에
막힌 담 헐리고…

돌아섰던 성도들
눈물로 인사하네

잊지 않겠습니다
사랑합니다.

*故 김복천 목사님 영전에서.

그대는 아는가

퍼내도
퍼내도
또 고이는 감사의 샘물
그대는 아는가

아슬아슬
모자란 듯하다가
풍성하게 채워지는 감사를
그대는 아는가

나보다 그대가 잘될 때
더 기뻐하는 마음
그대는 아는가

나보다 그대가 행복할 때
더 행복한 마음
그대는 아는가

그대가 아플 때

차라리 내가 아팠더라면

하는 마음

그대는 아는가.

그는 그렇게 떠났다

아직 밤기운이
깊어가는데
그는 그렇게 서둘러 떠났다
사랑하는 아내와 자녀들을 두고…

어느날 변便이 검정색이라고
걱정을 하더니
검사해 보니 위암인데
췌장까지 번져
수술이 어렵다고…

의사가 가족들을 모아놓고
생존이 3개월~6개월로 보인다고
조심스레 입을 열었다

달려가 보니
야위어 초췌한 모습에 가슴이 아리다
울부짖으며 주님께 기도했다
아직은 할일이 많으니

주님께서 생명을 연장해 주시라고…

일본에서도 서비아 목사님과
새벽에 기도 제목을 놓고
함께 기도했었다
결국 다녀온 지 2주 만에
6월 2일 그는 천국으로 떠났다

그렇게 그렇게 그렇게…

이 밤 올려지는 사진만을
남겨놓고
사랑하는 아내 남겨놓고…

잃어버린 사진

마음속에 간직한 사진
눈으로 보고 싶다
내가 화가라면
그 성품까지 담아
그려 보련만

아직도 생생한 모습
지금도 들리는 듯
군인 출신의
우렁찬 그 목소리…

유난히도 정情이 많아
인사 잘하는 아이만 봐도
용돈 주시던 나의 아버지
마음이 늘 부자였다
오늘은
그립고 그립고 보고 싶다

생전에 좋아하시던

찬송가 370장 한 곡 불러본다

주 안에 있는 나에게
딴 근심 있으랴
십자가 밑에 나아가
내 짐을 풀었네
주님을 찬송하면서
할렐루야 할렐루야
내 앞길 멀고 험해도
나 주님만 따라가리.

섬들이 앙망하는 교훈

상한 갈대를 꺾지 아니하며
꺼져가는 등불을
끄지 아니하는
사랑 앞에 머리를 숙인다

진실로 정의를 베푸시는
그는 쇠하지 아니하고
낙담하지 아니하고…

그를 따르는 자는
어두움에 다니지 않으리
빛으로 인도함 받으리

그 빛은 생명의 빛이라.

어린이는 보배

해맑은 너의 눈빛을 보면
심장이 뛴다

순수하고 욕심 없는 너는
천국의 보배이어라

오월의 푸른 소망이
너의 노래 되어
영롱한 빛으로
차창에 떨어진다

거친 비바람도
너를 해치 못하리

성실을 먹을거리로
삼으며
무럭무럭 자라서
주의 발자취를 따르라.

영아부 셀라

예배 시간에 엄마 아빠
사이에 앉아
성경책을 손으로 넘긴다
색연필로 끼적이네
엄마는 아기 손을
잡아당긴다

기도할 땐 두 손을 모아
눈 뜨고 싶어도 참는다

따라하는 모습이지만
차차 익숙해지겠지

마음을 보시는 주님
욕심 없는
저 맑은 마음에
채워야 할 것들을
가장 선한 것으로
곱게 채워가게 하소서.

금년에도 미완성

믿음의 건축자로
기초는 튼튼히 했는지
자재는 좋은 것 썼는지

부실공사 되지 않도록
두들겨 보고 확인해 보고
말씀의 기초부터
바로 잡고
불살라도 타지 않는
믿음의 건축을 위해

서두를 필요 없다
비 오면 쉬어가고
추위에 얼면 녹여가고

주님 보시기에
인정할 만한 믿음으로
잘 지어가세
튼튼히 지어가세
태풍이 와도 쓰러지지 않게.

그리스도의 향기香氣

삼나무 침대
은은한 향이
십수 년이 지나도
그 향기를 발하네

사람의 향기는
살아온 삶대로
걸어온 모습대로 풍기리

영혼의 향기는
깊으면 깊을수록
발칸산맥에서 피어나는
장미의 향으로 뿜어내리

그리스도의 향기는
살아도 살고
죽어도 사는
부활의 향기로
생명의 향기로 진동하네.

제2부

봄비 머금은 구름

부드러운 언어言語

부드러운 혀는 뼈를 꺾는다
부드러운 말씨는
호감을 낳고

부드러운 마음으로
인내하고 기도하면
기다리던 영혼이
돌아오더이다

부드러운 마음속에
지혜의 샘 솟으니
감춰져 있던
하늘의 신비를 맛보네

부드러운 말씨에
주사랑 향기 묻어나니

빛으로 따스한 옷
지어 입고
그대 마중 나가리.

봄비 머금은 구름

이웃의 슬픔에 함께 울고
이웃의 기쁨에 함께 웃고

이른 비와 늦은 비로
인도하심 따라
걸어온 시간들

때론 소원했던 일들이
기도로 응답되어
기쁨에 잠을 설치고

때론 작은 신음소리도
지나치지 않으며

봄비 머금은 구름은
내 머리 위를 맴도는
그 사랑이어라.

아홉 빛깔 무지개

사랑의 빛
기쁨의 빛
      화평의 빛
     인내의 빛
         자비의 빛
         양선의 빛
충성의 빛
온유의 빛
절제의 빛

아홉 빛깔 무지개 뜨는
주일 아침

사랑도 풍성하리
기쁨도 충만하리
따뜻한 화목의 정
참아주는 눈빛의 사랑

자비로운 마음

양선의 마음
죽도록 충성의 마음
온유한 마음의 따스한 빛
절제의 아름다움의 빛깔로

피어오르는 주일
오직 주님께 영광 돌리리
송축하리
축복하리.

유기농 작두콩

유난히도 작은 손으로
유기농 작두콩을 만들기까지
잠시도 쉬지 않고
부지런 떨었으리

새벽에 김이 모락모락
작두콩 차를 마시며
그대 정성 함께 마시네
그대 사랑 함께 마시네

그의 효능을 보면서
마음에 눈시울 뜨겁네

사랑 한 모금
정성 한 모금
진실 한 모금
그리움 한 모금…

섬김의 손길 위에
크신 은총으로
축복하소서.

목마른 자들아

기름진 것으로
즐거움을 얻으려거든
주린 영혼 살리는
주 앞으로 나아오라

돈 없는 자도 오라
사모하는 마음만 갖고 오라

영원히 목마르지 않는
영생을 얻으리

곤고한 자도 오라
긍휼히 여김을 받을 것이라
영혼을 기다리며.

사순절의 경건훈련

깨어 있음은
당신을 사랑함일러라

화려하지 않아도
주 능력으로 담대하리

경건의 훈련 범사에 유익
금생과 내생의 약속 있으리

사순절 새벽 쌓인 눈은
마음까지 정결케 씻겨주리

인생을 존귀히 여길 수 있음은
생명을 사랑하는
아가페 사랑이
그 안에 있음이라.

기다리는 마음

예쁜 가방 사놓고
3월을 기다린다
빨리 오길 기다린다

부푼 가슴 안고 학교 가서
새 친구들 만나고
선생님을 만나고

새로운 세상의 꿈을 안고
설레이는 마음에
하루가 길다

꿈이 있는 사람은
3월을 기다린다

주님을 사랑하는 사람은
주일을 기다린다.

2월의 마지막 인사

한겨울보다 더
매서운 눈보라 견뎌내며
봄을 잉태한 너

시린 눈 사르르 감은 채
사명 다하고 떠나는
그댄 정녕 아름다워라

세례 요한처럼
주님 오실 길 예비하고
그는 흥하여야겠고
나는 쇠하여야 하리라
광야의 외치는 자의 소리로

3월의 봄을 선물하고
자신은 쇠하여져 사라지는
세례 요한의 겸손한 마음

그대의 겸손 앞에 부끄러워
고개 숙이며 안녕.

3월의 기도

가슴 밑바닥 맑은 물소리
얼었던 마음들이
하나둘씩 녹는다

사랑이란 단어로
못다 한 마음이
하나씩 둘씩 고개든다

3월의 새벽
신랑의 음성을 듣는
친구가 되니
기쁨 충만 비길 데 없네

영혼의 깊은 샘에서
끌어올린
지혜 한 모금에
목을 축이고

오늘 거룩한 성일
준비함이 행복이라오.

나라와 민족 3.1정신

두려움과 아픔 예수사랑 품고
나라와 민족 위해 기도하리

십자가의 복음 지켜내리
빛과 소금으로
이 땅의 정의와 평화 위해
기도하리

주님의 밀알 정신으로
십자가의 사랑을 품고
나라 위해 영혼 위해
오직 진리 안에서 기도하리

3.1운동 105주년을 맞으며
오늘의 자주독립을 허락하신
하나님께 감사하리

믿음의 선진들의 숭고한
희생에 머리 숙여 기도하며

대한독립 만세!
한국교회 만세!
후손들이
잘 지켜내길 기도하리

온 인류의 구원을 이루셨던
죽음보다 강한 사랑으로
영생을 주신
주님을 묵상하며

총선을 앞두고
선한 경주 할 수 있도록
경기의 규칙을 잘 지키며
좋은 일꾼 선택되길 기도하세.

가문비나무

죽은 후에도 바이올린이 되어
최고의 아름다운 선율로
가슴을 뛰게 하니

그대는 정녕 사명을 다하는
가문비 생명나무라

고운 손에 들리워져
할렐루야 찬양하니
주 영광 찬란해
영혼은 빛줄기 타고

모든 것이 은혜임을
고백하며
소망의 3월
좋은 씨앗 뿌려보세.

기도로 일구어가는 삶

안개 낀 사순절 새벽
따뜻한 사랑의 온기가
살포시 감쌀 때

어제와 다를 바 없는 자리
어제와 똑같은 시간에
마음의 간절함이 부른
주님의 부드러운 손길이어라

내 작은 신음에도
응답하시는 애틋한 사랑에
뜨거운 감사의 이슬이 맺힌다

염려없는 이 어디 있으랴
해결하는 능력도 주심이라

기도로 일구어가는 삶
오직 감사의 향기로
참 진리의 꽃 피워가리.

부서져야 할 자아自我

내 안에 부서져야 할 게
너무 많아
겸손이 머물 수 없네

일곱 번 넘어져도
다시 일어서게 했건만

내 안에 깨어져야 할 자아가
아직도 깨어지지 않아

그 사랑만이
오직 그 사랑의 힘만이
부서뜨리고
깨어지게 할 수 있으리

그분의 능력으로
그분의 권능으로

금대접에 향기 담아
기도로 올려드리리.

제3부

시와 찬미와 꽃들의 향연

모리아 산의 이삭

눈물의 순종이
여호와 이레로
그 사랑 받네

믿음의 확신이
숫양의 예비함을
얻었네

갈보리 십자가를
묵상하니

겟세마네 기도의
주님이 떠오르고
할 수만 있거든 이 잔을…

마음은 물에 젖은 솜처럼
무겁기만 하네.

생명 있는 새벽의 움직임

새벽 바람 속에
푸른 소나무 호흡하며
살아 있음 고백하네

요란스런 새들의 노래가
생명의 움직임으로
퍼져가며 동트는 아침

새들의 합창과
푸른소나무의
겨울 이겨낸 인내의 향기가

사랑의 꽃
소망의 꽃
생명의 꽃 향기로
사순절의 주님을
묵상하는 이 아침.

봄나물 추억

양지바른 곳에
고개 들고 소곤소곤
옛이야기 듣는다

봄햇살에 돋아난
쑥향기 따라
추억을 캔다

이맘때면 생각나는
나 어릴 적 어머니

어머니는 하얀 쌀에
쑥을 넣어 쑥밥을 해 주셨다

한약 냄새 난다며
절대 안 먹었던 쑥이었는데
이젠
그리움 솔솔

쑥향을 따라 내 발길을
옮길 줄이야

쑥밥을 먹어볼까
아니야
곤드레밥을 먹어야지.

봄비 손님

메마른 영혼
촉촉한 이슬로 적셔주는
봄비 손님

맑은 비닐우산 위에
또로로 또로로

미세먼지로 오염된 대지
말갛게 씻겨 내려주는
반가운 봄비 손님

꽃소식도 들려줘요
개나리도 꽃망울 틔우고
목련도 맺힌다고요

성령의 아홉 가지 꽃도
맺혔다고요

사랑 희락 화평 인내

자비 양선 충성 온유 절제
아름다운 소식에
열매도 기대하리.

무얼 먹고 살아야 할까

육신을 위하여
무얼 먹을까 마실까
고민할 때 있다

무얼 먹어도 허기질 때가 있다
영적 공허감

영원히 목마르지 않고
새 힘을 주는 양식

성실을 식물로 삼아
새 힘 얻고
내 길을 맡기며
오늘도 걷는다

여호와를 의뢰하여
그의 성실로 식물을
삼을지어다.(시 37:3)

우리는 다 양 같아서

우리는 다 양 같아서
그릇 행하여
제 갈 길로 가는데
우리 무리의 죄악을
모두 그에게 담당케 하심은
오직 하나님의 사랑이라

그 사랑이 갈보리를
바라보게 하시고

희생의 보혈이
가슴에 흐르게 함은
우리로 영생을
누리게 하심이라

온전한 사랑은
두려움이 없나니…

위대한 대속의 사랑

아무 죄도 없이
아무 흠도 없이

십자가에 못 박혀
죽어야 하는 기막힘에도
한마디 말이 없다

누구를 위해 대신
옥고를 치른 적 있는가
친구를 위해 대신
누명을 쓴 일 있는가

억울해서 못 견딘다
괴로워서 못 견딘다
차라리 죽고 싶을 것이다

질고를 아시고
세상 죄를 대신 지신
아니 나의 죄를 대신 지신

저 위대한 대속의 사랑

해마다 이맘때면
가슴이 쓰리고 아프다.

체휼하는 마음

겪어보지 않고서야
그 간고와 질고를
어찌 다 알리요

미리 세운 원대한 계획
우리 무리의 죄악을
그에게 담당케 하심에
평생 갚아도 못 갚을 사랑

사랑의 빚진 자 되어
뜨거운 눈시울
감사하는 마음으로
형제를 체휼하며 살아가리

체휼하는 마음이
지금
의료진의 마음과
제자들을 생각하는 마음과
애처로이 촛점 잃어가는

환자들의 눈빛을
결코 저버리지 않게 하소서.

광야의 외치는 자의 소리

아름다운 것도
고운 것도 필요치 않아

약대 털옷
메뚜기와 석청 먹으며

광야의 소리
외치는 자의 소리로

오실 메시야를 위해
예비하는 세례 요한

내 뒤에 오실 이
나는 그의 신을 들기도
감당치 못하겠노라.

부활의 새벽을 기다리며

생명을 피워내기 위해선
핏빛 고통
뜨거운 눈물이 필요하지

영생의 축복을 아는 사람은
인내할 줄 알지

초조한 마음
불안한 마음
절망의 늪을 걷어차고
생명의 새벽을 기다리자

대한민국의 일꾼
후보로 나선 이들이여
불안한가
초조한가

죽음을 깨고 일어나는
부활의 은총으로
크게 선전하길.

아주 넘어지지 않는 삶

돌아보면 지쳐 지쳐
지구에 산다는 게
때론 힘들 때도 있었지
그때마다 손 놓지 않고
꼭 잡아주신 사랑의 손

내가 넘어져도
아주 넘어지지 않게
잡아주신 따뜻한 사랑의 손

오늘이 있음은
사랑의 손 꼭 잡고 있었음이네

영원히 놓치지 않으리
그 손 잡고 어디든
주 함께 걸으리.

은혜로 호위받는 자

새벽이슬과
삼켜진 말씀 곱씹으며
은혜로 호위받는 삶

때를 따라 아름답게 하시어
안개가 걷히면 환하게
뚜렷이 보이는 세상

볼 수 있게 하시고
듣게 하시고
깨닫게 하시니

참된 것을 말하며
은혜롭고
경우에 합당한 언어로
선을 이루는 하루하루.

시온의 대로를 가는 길

꽃길이 아니어도 좋다
비단길 아니어도 좋다
엉겅퀴 밭길이어도 좋다

내 가는 이 길엔
커다란 발자욱이
다져 놓아 있었다
난 그냥 가기만 하면 된다

뒤돌아보니 신기한 길
혼자서는 올 수 없었던 길
어느새 이만큼 걸어왔네

남은 길 얼만큼 남았을까
알 수도 없다
묻지도 않는다

그저 그저 한 발자욱씩
따라만 가리

오늘도 내일도
호흡 있는 날까지.

죽음을 이기신 주님

부활이요 생명으로
다시 사신 주님을
온 맘 다해 찬양합니다
온 맘 다해 사랑합니다

그 부활의 능력이
우리에게 임하사
죽어도 살고
살아도 사는
영생의 축복을 누림이라

누구랴 죽음을 이기는 이
있을까
오직 예수님뿐이라

친구여 이 사랑을
이 부활의 능력을
힘입으며
영원한 생명 소유하고
살아가 보세.

아버지여 저들의 죄를 용서하여 주소서

자신을 못 박고 죽이려는
저들의 죄를 용서하여 주소서
용서의 기도를
뉘 감히 따라할 수 있으랴

차라리 저 빗속에 젖어
울고 나면 나을까

강도를 위해 오늘 네가
낙원에 있으리라
구원 역사를 일으키시니
확실히 구원주이시라

보라 네 어머니라
요한에게 어머니를 부탁하니
곧바로 제 어머니로 모시는
사랑하는 제자이어라.

생명의 유업 함께 받을 자

연약한 그릇
교회의 모형인 아내

그리스도의 모형
십자가에 다 쏟아낸 사랑
그 사랑으로
교회를 사랑함같이
연약한 그릇 잘 다루고
사랑해야 하리

존경하는 마음 없이
순종하는 마음 없으리

생명의 유업 함께 받을 자
십자가의 희생
모든 것 다 내어준
그 넓은 사랑으로
연약한 그릇 아껴주시라

그리스도의 모형으로
내게 주신
단 하나의 사랑
존경하며 순종하리.

시와 찬미와 꽃들의 향연

마른나무 연두빛 옷 입고
진달래 개나리 벚꽃
파트별로 아름답게 차려입고
하늘 향해 찬미하네

각박한 세상에도
가지마다
손끝 내밀어 살포시 잡고
얼굴을 비비네

포근한 웃음꽃
흐드러지게 피어
향기 진동하네

자비와 겸손과 온유와
인내의 옷 차려입고
사랑의 허리띠 질끈 매고

그리스도의 향기로

신령한 노래 부르며
온누리에
감사의 꽃 피워내리.

내가 목이 마르다

호흡과 호흡 사이
목마름의 절규

신 포도주 머금은 해융
우슬초에 적셔 입에 대니
마시고자 아니 하신지라

고통의 시간
치욕의 시간

엘리 엘리 라마 사박다니
버림받은 절망감이여

죽어야 사는
십자가 사랑

죽어야 사는
십자가 부활.

-제4부-

주님이 빚은 오월의 임마누엘

당신의 향기는

무엇을 보든지
무엇을 먹든지
무엇을 사든지
누굴 위해 하는가

지금 나 여기 있음이
모두가 주님의 은혜임을
알게 하시니

아름다운 계절
저마다의 개성으로
향기를 날리는 것은
꽃내음으로 그 이름 알듯

주 향기로
주 이름 퍼뜨리리
때를 얻든지 못 얻든지.

지. 보. 인의 사랑 앞에

눈을 뜨면 감사가
입을 열면 기도가
손을 움직이면 섬김이
체휼하는 마음에 사랑이

지키시고
보호하시고
인도하시니
뼈가 윤택해지는
하루하루의 즐거움

오직 감사로 채워가리
지키시고
보호하시고
인도하시는
영원한 그 사랑.

꽃잎 잡으러 쫓아가는 셀라

곱던 벗꽃 잎
바람 타고 꽃비로
쏟아진다

3살짜리 꼬마 두 손 펴고
꽃잎 잡으러
이리저리 정신없이
내달린다

넘어질까
가슴 조이며
부모의 별빛 눈망울
아이 쫓아 따라간다

잡힌 것 하나도 없네
셀라의 빈손
해맑은 표정

고운 꽃잎
훨훨
바람 따라 날아간다.

실족함 없는 걸음

겸손한 그 마음에
은혜가 머물고

배려하는 그 마음에
사랑이 흐른다

절실한 깊은 간구에
주 음성 듣게 되리

그의 입은 지혜로우며
그의 혀는 정의를 말하고

그의 마음에는
하나님의 법이 있으니
그 걸음에 실족함 없으리.

푸르름이 반겨주는 좋은 날

살아서 누릴 수 있는
생명의 축제

맑고 고운 새소리가
아름답게 노래하며
반겨주는 날

자연을 품은 도산서원
안동호를 바라보며
서 있는 늠름한 느티나무

조선시대 역사 속에
세월의 수만큼이나
오래된 지킴이나 되는 듯
많은 사람들이 사진을 찍는다

자연에 순응하며
비 오면 맑은 물방울 세수하고
햇빛 쨍하면

눈부시게 반짝이는 푸르름 속에
쉼을 허락하심에
내 영혼도 반짝이며 찬양한다

주 하나님 지으신 모든 세계
내 마음속에 그리어 볼 때
하늘의 별 울려퍼지는 뇌성
주님의 권능 우주에 찼네
주님의 높고 위대하심을
내 영혼이 찬양하네.

(찬송가 79장 「주 하나님 지으신 모든 세계」 중에서)

내가 너의 생각을 아노니

눈을 감으면
떠오르는 영혼 있어

진주보다 보배로운
황금보다 고귀한

생명만큼 신비로운
세계를 보여주고 싶다

소중한 걸 알 수 있는
지혜
보배로운 진리를
알 수 있는
은혜

아직도 머언 거리에서
헤매이는 안타까움
시간은 자꾸 흘러가는데

어리석은 자여
네 영혼을 오늘 밤
부르시면 어찌할꼬.

도산서원

푸르름의 청아한 봄날
도산서원을 들어서니
자줏빛 모란이 뜨락에
수줍게 웃으며 반겨준다

심신을 함부로 말고
겸손과
절제의 미덕으로

청렴하게 살기 원했던
퇴계 이황의 철학이
곳곳에 서려 있다

욕심을 내려놓고
청렴으로 사는 것은
인생의 필수불가결必須不可缺이라

선비의 은연한 기상
청렴함이

1000원 지폐에 새겨져
후손들에게 남겨지리

청결한 양심으로
우리의 삶에 지표를 삼아
푸르름의 맑은 영혼으로
나아가는 걸음 위에
주의 은총 가득하리.

육신 안목의 정욕

바깥 세상에 나가면
좋은 게 너무 많아
눈의 중심이 어지럽다

문득 조용히
영혼을 위해 준비할 일
잊은 건 아니겠지
안목의 정욕을 제거해야 하리

이생의 자랑은
겸손을 가로막는 유혹
의의 흉배를 붙여야 하리.

풀의 꽃 같은 한 자리

세상 사람들은
풀의 꽃 같은 한 자리 위해
밤낮없이 뛴다

일의 과정도 정도를 무시한 채
편법 불법 가리지 않고
목적을 향해 질주한다

어느 하루 아침에
쏟았던 열정이
목적을 잃고 무너진다
허무함에 말을 잃고
몸은 망가져 눈을 못 뜬다

흘리는 눈물방울
회개하며
저를 받아주소서
일의 결국은 영혼 구원이리.

주사랑 알기에

천하보다 귀한 영혼
저 영혼을 위해
십자가에 못 박히신
그 사랑 알기에

십자가 사랑 품고
기쁨으로 걷고 있네

때론 가시 돋친 언어도
약이 될 때 있으니

네가 나를 사랑하는 줄
내가 아노니
내 양을 맡긴다
잃어버리지 말거라.

소망이 샘솟는 아침

내 안에 샘솟는 소망
햇살을 기다리며

새벽이 물러가면
눈부시게 쏟아지는 햇살은
온누리를
환하게 반짝이게 한다

한낮엔 그늘을 찾아도
마음속 푸르름은
햇빛을 기다린다

그 빛이
그 말씀의 빛으로
나를 반짝이게 한다.

주님이 빚은 오월의 임마누엘

푸르른 신록新綠의 소망이
소중한 가정의 아름다운
사랑으로 피어나라

맑은 새소리가
더욱 청아하게
라일락 향기를 타고
위대하신 솜씨를 찬양하네

가슴이 뜨거운 것은
주님이 함께하심에
치밀어오르는
울컥한 마음에
뜨거운 눈물이
자신도 모르게 흘렀다고

슬픈 영화를 보아도
이런 일은 쉽게 없었다는
성도의 고백이

감사로 감사로 이슬 맺히는

오월의 첫날 새벽이
이렇게 시작되다니
고마워라 임마누엘!

오월의 구름 속에

오월이 되면 보고픈 얼굴
문득 지나가다가
맘에 쏙 드는 잠바가 눈에 띈다

아버지가 좋아하던 색깔
문을 열고 들어가 얼른
잠바를 사려고 들추었다

사이즈를 보려는 순간
앗!
아버지는 천국에
계시다는 걸

잠바를 놓고 돌아서며
핑 도는 눈물 훔치고

하늘을 보니 솜털구름 속에
아버지가 웃고 계신다.

헐몬의 이슬 내리는 밤

땅끝에서 너를 붙들어

내 걸음이 헛되지 않음은
생명의 빛으로
이끄심이
감사로 꽃피우게 하심이라

내 곤비치 않은 숨결도
사랑이 식어가는
그곳이
비록 먼 곳일지라도

영혼 일깨워 주는 일
그리스도의 심장으로
감당케 함일러라

주께서 열어주시는
시온의 대로
길모퉁이까지
나를 붙드심이라.

시들지 않는 사랑

평온함 속에
작은 미소 하나에
작은 정성 하나에도
그렇게 웃고 끄덕이네

잔잔한 감동 저 너머에
골 깊은 사랑

지고한 그 사랑이
너를 위해 빛을 주고
너를 위해 비를 내리니

거센 바람 불어 흔들어도
결코 꺾이지 말라
내게 꼭 붙어 있어라

나를 떠나서는 너희가
아무것도 할 수 없음이라. (요 15:5)

헐몬의 이슬 내리는 밤

찬양 속에 임하는
은혜의 줄기 타고
헐몬의 이슬이 내린다

그 찬양의 향기가
아직 그윽한데

오랜 시간이 흘러도
빛바래지 않음은
기도의 호흡이
멈추지 않음이라

겸손과 온유와 긍휼의
옷을 입은 선한 공동체
사랑의 허리띠를 질끈 묶는다

주님 영광 받으시네
주님 기뻐하시리.

은혜의 강줄기

오월의 하늘 아래
은혜의 강줄기가

시냇가 바윗돌 골을 타고
흐르고 흘러
넓은 바다를 향해

때론 급류를 타고
때론 한가로이
새들의 노랫소리와 화음을 넣어
아름답게 흐른다

인생의 세월 줄기
은혜의 강줄기 타고

감사로 감사로 흐른다
그 넓은 아버지의 품
은혜의 강으로.

보고 듣고 깨닫고

때를 따라
선하신 목적에 맞게
창조된 아름다운 세상

주어진 시간
규모 있게 쪼갠다

모자라지도
넘치지도 않는 사랑 속에
감사로 채워가는
하루하루가

창조주의 선하심을
맛보며
하루 삶의
걸음걸음을 옮긴다.

연두빛 눈망울

가슴이 뛴다
해맑은 영롱한 눈빛 속에
내가 보인다

풍선에 사랑의 편지 달고
뒤뚱뒤뚱 달려오면
넘어질까 두려워

너는 나의 보배
축복의 선물

꿈 소망
사랑둥이
발길을 따라간다

소소한 기쁨
내일의 별이 뜬다
오 나의 셀라!

진정한 스승

참사랑의 인격
목숨도 아끼지 않은 사랑
진정한 나의 스승은
오직 예수 그리스도

사랑합니다

진정한 제자이고 싶습니다
그 성품 닮고 싶습니다

그 사랑 많이 받고 있으니
그 사랑 나누고 싶습니다.

찬양의 신비

은혜로운 찬양의 여운
눈을 감아도
행복한 호흡

두려움 몰려올 때
부르는 찬양의 은총
마음의 연못에
소망으로 솟구치네

진정한 사랑으로
부르는 찬양 속에

원망은 사라지고
아름다운 하모니의
평화가 임하리.

아름다운 주의 사람

비싼 게 아니더라도
작은 선물
그리스도의 사랑으로

예수님 마음 담고
위로를 전하며
눈물을 닦아주는 이

견딜 수 없는 외로움에
먼 산만 바라보며
가족을 그리워하는
저 속마음 뉘 알리요

주님 동행하시니
힘내시오
주님 손 꼭 잡고
한 걸음 한 걸음
옮기시오.

신앙의 유산

주어도 주어도
아깝지 않은 사랑

여호와를 아는 지식에
충만하길 바라노라

우리를 향한 주의 뜻
분별하길 원하노라

스스로 겸비하여
생명과 평안의 길로
나아가길 원하노라

매일 부르짖는 기도에
소망의 결실이
신앙의 유산으로 남겨지리.

주님의 때 알 수 없으니

근신하며 깨어 있어야 하리
우리의 행위 보시거늘

말씀의 교훈을
가볍게 여기지 말아야 되리

불로 연단할 금보다
더 귀하게 사용하시려

고난의 시간 주심도
더없이 감사해야 되리

선한 영향력 미치며
나아가는 걸음걸음
주의 축복 있으리.

32사단 신병 교육생

수료식 1주 앞두고
훈련 중 수류탄 던지려다
사고당한 대한의 아들
영혼을 위해 기도하리

어제 하룻동안 아픈 마음에
잠을 이루기 힘들었지

그 어머니의 심정이
오롯이 느껴지니
어미 가슴 어이하리

주님
그 영혼을 받아주소서
남은 부모의 마음을
붙들어 위로하소서.

아버님 92번째 생신

오직 자식들 잘되기만을
기도하시며
뒷바라지하시며

살아온 세월이
이마 주름 사이사이
눈시울에 머금은
그리움이 그렁그렁

차가 멀어지는
모습 바라보시며
힘없이 흔드는 손짓

아버지 내년 이맘때까지
강건하소서

주일 땜에 하룻밤도
같이 지내지 못하고
서둘러 발길을 옮기며

돌아오는 마음엔

못다 한 자식의 도리가
못내 가슴이 미어진다

길가에 보기 드문
셀릭스 삼색 버드나무의
인사를 받으며
귀갓길에 오른다.

하나님의 시선視線

흙 도가니에서 단련된
정화된 순수한 모습

영성의 길 걷기 위해
첫걸음 뗄 때

하나님의 시선만을
따라다녔던
그때를 회복해야 하리

날것이 횡행하는 세대에
천하보다 귀한 영혼

저들을 인도할 때
참사랑 밝은 빛
눈부시게 쏟아지리.

제6부

본향을 항하여

주를 향한 견고한 소망

변함없이 돋는 아침해
주를 향한 간절한 소망 솟는다

구름 속에 가리울 때도
소망의 빛은 가슴에 뜨겁다

기도로 엮어가는 믿음의 삶 속에
소망은 여물어 가고

알알이 맺혀져 가는
소망의 간증들은 보양식 되어

다시 힘을 내는 원동력으로
본향을 향해 노를 젓는다.

가까이할 것과 멀리할 것

좋은 친구 가까이함은
그의 선한 영향력 미치리

죄는 멀리하여
모양이라도 버려야 하리

완전한 자와 가까이함은
기근의 날에도 풍족하리

죄의 먼지 털고 씻어
말씀 앞에 바로서면

영혼에 맑은 햇살
영화로운 면류관 예비되리.

치매 엄마의 예수님 기억

자녀의 이름도 모른다
오늘 점심 무얼 드셨나요
고개를 갸우뚱
멋쩍게 웃는다

어제는 무슨 색 옷을 입었나요
모르겠어요
기억을 못하신다

예수님은 누구세요
한치의 망설임 없이

예수님은 나를 구원하시고
내 마음속에 사시는 분
나를 집으로 데려갈 거예요
나는 그를 사랑해요

끝까지 예수님 기억만은
놓치지 않는

어느 치매 엄마의
글을 읽으니
이 아침 가슴이 뭉클하다.

신록의 계절 섭리는

솜털구름 하늘 아래
빛 부신 초록잎이
하늘 소망을 노래하네

새들도 아름다운 하모니로
신록을 지지배배
걸음을 재촉하네

사방을 둘러보아도
창조의 아름다움은
사랑스러움으로
향기 가득함일러라

싱그러운 초록빛 꿈
저 소망의 날개로
예수 꿈 키워가리.

어그러지고 거스르는 세대

아름다운 세상에
고운 꿈 펼치기도
쫓기는 시간
숨 고르며 나아가는데

오물 풍선 띄운
북한의 처사를 보며
씁쓸한 마음으로
치우는 손길들

온 우주에
오물 풍선 살포한다 해도
더 맑은 세상
더 고운 세상
만들어 가리

사자들이 어린양과
뛰노는 세상은
과연 언제나 올꼬.

여호와의 계획하심

사람으로 창조되어
세상을 다스리며
빛 가운데 살게 하심이
감사하리
감사하리

뜨겁게 타오르는
태양마저도
주의 뜻이어늘

그의 뜻 아님이
어디 있으리요
오늘도
그의 뜻으로 살리.

69회 현충일 맞으며

태극기를 단다
조국을 지키다 잠든 영혼들
세월 앞에 시들지 않는 이름들

우리의 가슴에 길이 남아
오늘 이 나라가 있음에
고마운 마음
감사의 마음을 담아

님들의 고귀한 충의의 정신이
부끄럽지 않게
오직 진리와 선으로
지켜 나아가리

고맙습니다
감사합니다
주님의 마음으로 사랑합니다.

경건의 모양과 능력

날마다 새벽기도는 하나
경건의 능력은 부재하니

비우지 못하고
통회하지 못하고
그의 음성 듣고도 비껴감이리

어둠의 끝자락에 매달려
한 톨의 소금이 녹질 않아
짠맛을 내지 못함이
못내 부끄러움이라

은혜의 단비로
씻기우며
새롭게 새롭게
견고한 그 사랑 앞에
감사로 나아가리.

태양빛이 혁혁한 아침

어그러지고 거스르는 세대에
믿는 믿음의 도리를 굳게 잡고

좌우에 날선 검보다
예리한 말씀으로 무장하리

날마다 주시는
신선한 말씀의 능력으로

곤고할 땐 위로를 얻고
놀라운 생명력으로

믿음의 도리
자식의 도리
부모의 도리 다하여
믿는 자의 본이 되리.

보고 싶은 얼굴

가끔씩 당신이
그리울 땐
난 이모를 찾아간다

그는 포근한 내 엄마
품을 내어준다
말투도
나를 바라보는 눈빛도
나를 위해 만들어 놓은 반찬도
고추장도…

어릴적 외갓집 갔을 때
하얀 쌀밥에
곰소 새우젓을
밥 위에 얹어 주었다

지금도 난 곰소 새우젓을
좋아한다.

사랑의 빛 진 자

평생 갚아도 못 갚을
사랑의 빛 진 자 되어

값없이 받았으니
값없이 흘려보내리

하나님의 사랑은
조건 없이 주시는 사랑이라

아가페 사랑
그 보좌 앞으로
담대히 나아오라.

2023성탄 백설白雪의 은총

온누리 목화솜 이불 덮었네
하늘의 은총으로

사랑의 마음 담아
저 눈밭 위에 그림을 그려 볼까
사랑의 편지를 써 볼까

주님을 사랑합니다
주님을 경외합니다
투병 중에 있는 자
가족 잃고 슬픈 자
죽을 만큼 힘든 삶에 지친 자
포근한 주님 사랑으로
눈물 씻겨주시고, 안아주소서

이스라엘·하마스 전쟁에
무고히 희생된 영혼들
아직도 끝나지 않은
전쟁 속에 떨고 있는 저들

주님의 강한 역사의 손길
간절한 소원 들어주소서

불의를 없애는
참 평화는
무기로 전쟁으로
아니 됨을 깨닫게 하소서

오직 주님의 능력으로
저들의 강퍅한 마음을
완화시켜 주시고
적대행위를 그만 잠재워 주소서

이 땅에 평화가 임하게
은총 내려주옵소서.

본향을 향하여

아무것을 던져주어도
받아주는 바다
사랑이 출렁이는 바다

위험도 따르는 바다를
헤매이며 살다가
태어났던 곳으로
다시 돌아오는 연어처럼

거센 풍파 속 헤매이다
일의 결국 본향을 향하여
회귀回歸한다

창조주 아버지 품으로
포근히 감싸주는
넓은 사랑의 품

모든 것 쏟아놓고
그물을 씻는다
터진 그물 다시 꿰맨다.